¡Juguemos al Fútbol y al Football!

René Colato Laínez
Ilustrado por
Lancman Ink

ALFAGUARA

Chris se puso su camiseta y dijo: "¡Me encanta el *football*!", mientras salía corriendo de su casa.

Carlos se acomodó su camiseta y dijo: "¡Me encanta el fútbol!". Y salió de su casa como un rayo.

—Hola —dijo Carlos—. Me llamo Carlos.
Soy tu nuevo vecino.

—*Hi* —dijo Chris—. Yo soy Chris.
¿Quieres jugar al *football*? —le preguntó.

—Sí —contestó Carlos—. ¡Juguemos al fútbol!

—Voy a buscar mi pelota —dijeron los dos,
y cada uno corrió a su casa.

5

Chris regresó lanzando la pelota al aire.
La atrapó, dio un paso hacia adelante y le arrojó
la pelota a Carlos.

—¡*Touchdown!* —gritó Chris.

Carlos regresó haciendo malabares con
la pelota en la cabeza, el pecho y las rodillas.
Se movió con la pelota de derecha a izquierda.

—¡Goooooooool! —gritó, mientras pateaba
la pelota en dirección a Chris.

Chris atrapó la pelota de Carlos con las dos manos.

—¡Esta pelota es redonda! ¡Tú no estás jugando al *football*! Yo no puedo jugar contigo —dijo.

Carlos paró la pelota de Chris con el pie.

—¡Esta pelota es ovalada! ¡Tú no estás jugando al fútbol! Yo no puedo jugar contigo —dijo.

—*Bye* —dijo Chris.

—Adiós —dijo Carlos.

Y cada uno se fue para su casa.

Mientras se alejaba, Chris lanzó
su pelota al aire.

Carlos la siguió con los ojos.

Carlos pateó su pelota.

La pelota rodó por el pasto y chocó
contra un árbol a toda velocidad.

17

Ambos niños se detuvieron.

—¡Increíble! Tu pelota vuela como un avión
—dijo Carlos—. Me gusta tu pelota.

—¡Buenísimo! —dijo Chris—. Tu pelota rueda
más rápido que las llantas de un carro de carreras.
Me gusta tu pelota.

—Déjame enseñarte a jugar al *football* —dijo Chris.

Alzó la pelota frente a su pecho, luego retrocedió y lanzó la pelota hacia Carlos.

La pelota voló por el aire en espiral.
Carlos corrió a atraparla.

—¡*Touchdown!* —gritó Chris.

—Déjame enseñarte a jugar al fútbol
—dijo Carlos—. Párate allí y trata de bloquear
la pelota.

Chris se paró delante de la meta para
atrapar la pelota. Carlos la pateó.

—¡Goooooooool! —gritó Carlos.

23

—¡Yo quiero anotar un *touchdown*!
Quiero jugar al *football* —dijo Carlos.

Entonces, se pusieron a jugar al *football*.
Despejaron, atajaron y se pasaron la pelota.

—¡Yo quiero meter un gol! Quiero jugar
al fútbol —dijo Chris.

Entonces, esta vez se pusieron a jugar
al fútbol. Cabecearon, atraparon y patearon
la pelota.

—¡Gooooooooool! —gritó Chris.

—¡*Touchdown!* —gritó Carlos.

Chocaron las manos y dijeron al mismo tiempo:

—¡Juguemos al fútbol y al *football*!

El fútbol y el *football*

El **fútbol** nació en Gran Bretaña y es uno de los deportes más populares del mundo. Es uno de los deportes favoritos de la gente que habla español. Algunos lo llaman "futbol", es decir, con el acento en "bol" [futból]. En inglés americano se llama *soccer*.

El **fútbol americano** se inventó en Estados Unidos a partir del *rugby*, un deporte que también nació en Gran Bretaña. Es uno de los deportes más populares entre los estadounidenses. En inglés americano se llama simplemente ***football*** (se pronuncia muy parecido a "fútbol").

En el **fútbol**, la pelota es redonda y se golpea con los pies. También se pueden usar otras partes del cuerpo, como las rodillas, el pecho y la cabeza. *A veces* la pelota se puede tomar con las manos, pero solo para comenzar algunas jugadas. El "arquero" es el único que puede usar las manos todo el tiempo. En el **fútbol americano**, la pelota es ovalada y casi todo el tiempo se usan las manos para atraparla y pasarla. *A veces* la pelota se patea, es decir, se golpea con el pie.

Visita estos sitios en Internet si quieres aprender más sobre el fútbol y el *football*.

fútbol
En español: http://grassroots.fifa.com/es
En inglés: http://grassroots.fifa.com

fútbol americano
En español: http://nfl.univision.com
En inglés: http://www.nflrush.com

Glosario

de fútbol y fútbol americano

fútbol: fútbol británico

gol: máxima anotación (1 punto) *(págs. 9, 23, 26, 28)*

patear: golpear con el pie *(págs. 9, 16, 23, 27)*

atrapar: adueñarse (de la pelota) *(págs. 23, 27)*

pasar: darle la pelota a otro jugador (No se usa en el cuento.)

anotar (un gol)/meter (un gol): meter la pelota en la meta *(pág. 26)*

meta: arco donde hay que meter la pelota para anotar un gol *(pág. 23)*

cabecear: golpear con la cabeza *(pág. 27)*

football: fútbol americano

touchdown: máxima anotación (6 puntos) *(págs. 7, 21, 24, 28)*

patear: golpear con el pie (No se usa en el cuento.)

atrapar: adueñarse (de la pelota) (No se usa en el cuento.)

pasar: darle la pelota a otro jugador *(pág. 25)*

anotar (un *touchdown*): cruzar la meta llevando la pelota *(pág. 24)*

meta: línea que hay que cruzar llevando la pelota para anotar un *touchdown* (No se usa en el cuento.)

despejar: soltar la pelota y patearla antes de que toque el suelo *(pág. 25)*

atajar: atrapar, tumbar a un jugador del otro equipo para que no siga avanzando *(pág. 25)*

*Para el maestro Ricardo Loredo y su clase de 5.º grado
en la Escuela Primaria Fernangeles (en Los Ángeles, California),
a quienes les encanta jugar al fútbol y al football.*

R.C.L.

PRISA EDICIONES

© De esta edición:
2013, Santillana USA Publishing Company, Inc.
2023 NW 84th Avenue
Doral, FL 33122, USA
www.santillanausa.com

© Del texto: 2013, René Colato Laínez
www.renecolatolainez.com

Editora: Isabel C. Mendoza
Dirección de Arte: Mónica Candelas
Ilustraciones: Lancman Ink

Alfaguara es un sello editorial del **Grupo Santillana**. Éstas son sus sedes:

ARGENTINA, BOLIVIA, BRASIL, CHILE, COLOMBIA, COSTA RICA, ECUADOR,
EL SALVADOR, ESPAÑA, ESTADOS UNIDOS, GUATEMALA, MÉXICO, PANAMÁ, PARAGUAY,
PERÚ, PORTUGAL, PUERTO RICO, REPÚBLICA DOMINICANA, URUGUAY Y VENEZUELA.

¡Juguemos al fútbol y al football!
ISBN: 9780882723273

Published in the United States of America
Printed by NuPress

17 16 15 14 13   1 2 3 4 5 6 7 8 9 10